„Wir gehen in eine Ausstellung" ist das erste einer Serie von Mistkäfer-Lernbüchern, die entworfen wurden, um furchterregende Fachgebiete für Kinder zugänglich zumachen. In kräftigen Farben gedruckt und in einfachem und klarem Deutsch geschrieben, wird jedes Buch Familien in die dunkelsten Tiefen des kollektiven Unbewussten zerren und so zu ihrem allgemeinen kulturellen Nutzen sein.

Dieses Buch gehört

DAS „NEUE WÖRTER"-LESEPROGRAMM

Das Mistkäfer-„Neue Wörter"-Leseprogramm wird die Fähigkeit Ihres Kindes, lange Wörter und schwierige Konzepte zu erinnern, deutlich verbessern. Am Ende jeder Seite finden Sie drei „neue Wörter", die entscheidende emotionale Reaktionen auf das Kunstwerk zusammenfassen.

Wir empfehlen, diese Wörter so oft wie möglich mit Ihrem Kind zu lesen. So werden die einzigartigen Meinungen Ihres Kindes allmählich zermürbt und angemessene, zeitgemäße Fähigkeiten des kritischen Denkens entwickelt.

Denn die Zukunft der Kunst und der kulturellen Standards hängt davon ab, dass unsere Kinder die volle Bedeutung zeitgenössischer Kunst verstehen und so ein erfülltes, glückliches und widersprüchliches Leben führen können.

Buch 1a

Wir gehen in eine Ausstellung

von

M. ELIA und E. ELIA

illustriert von

M. ELIA

KUNSTMANN

Wir gehen in eine
Ausstellung.

Mutti will uns die
Kunst zeigen.

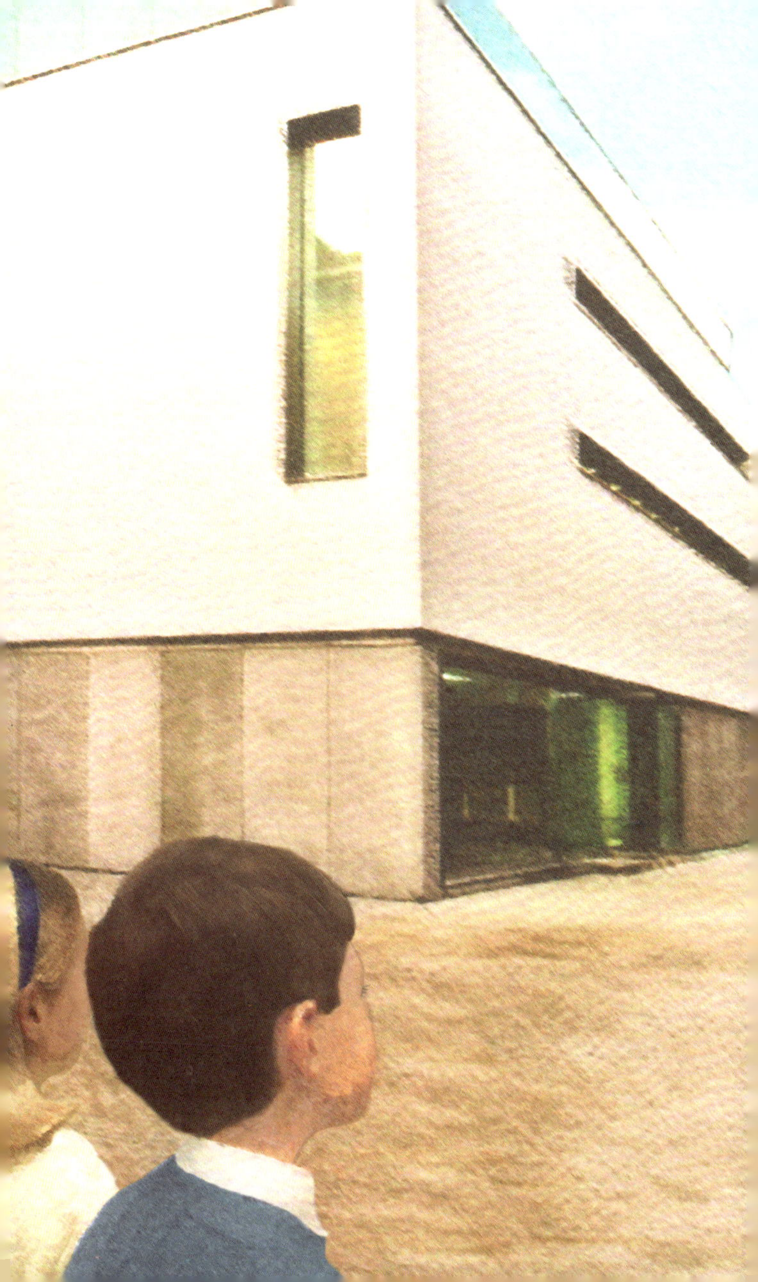

„Ist die Kunst schön?“, fragt Susan.

„Nein“, sagt Mutti, „schön ist nicht wichtig.“

Neue Wörter schön – nicht – wichtig

DER TOD DER BEDEUTUNG

ZEITGENÖSSISCHE KUNST

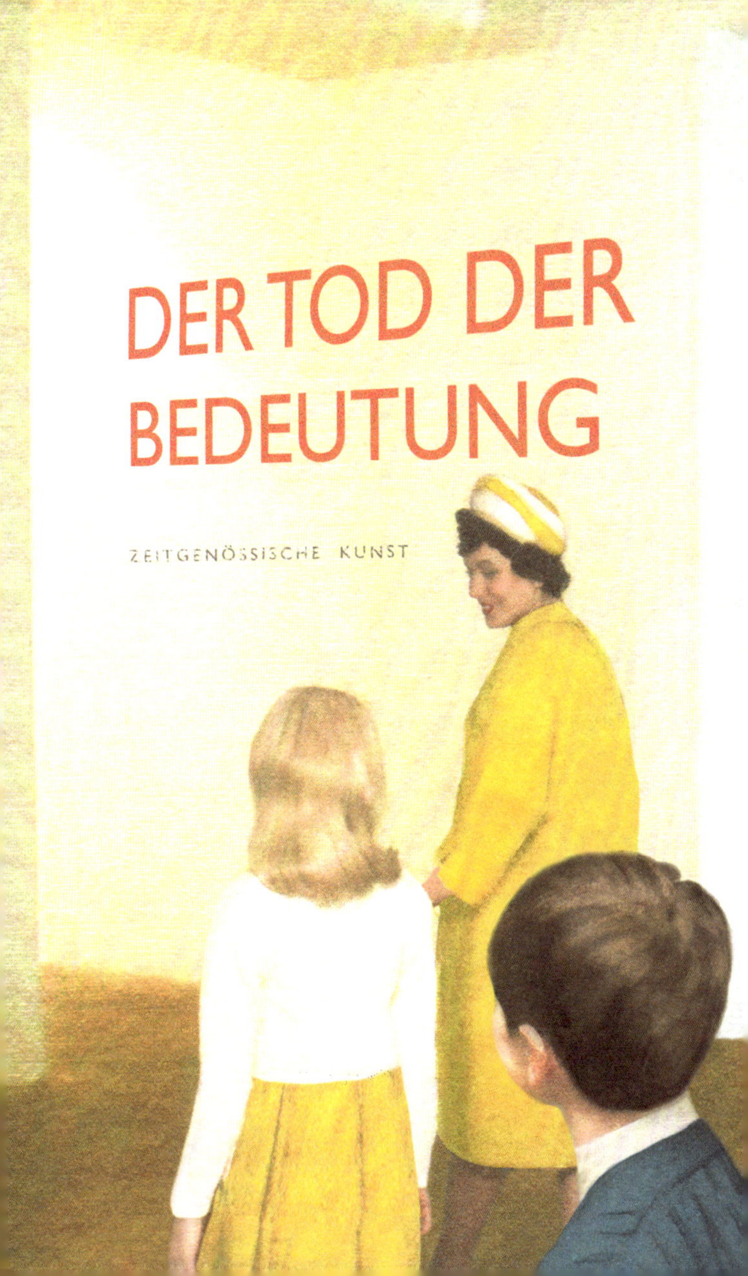

John versteht nicht.

„Es ist gut, nicht zu verstehen“, sagt Mutti.

John versteht nicht.

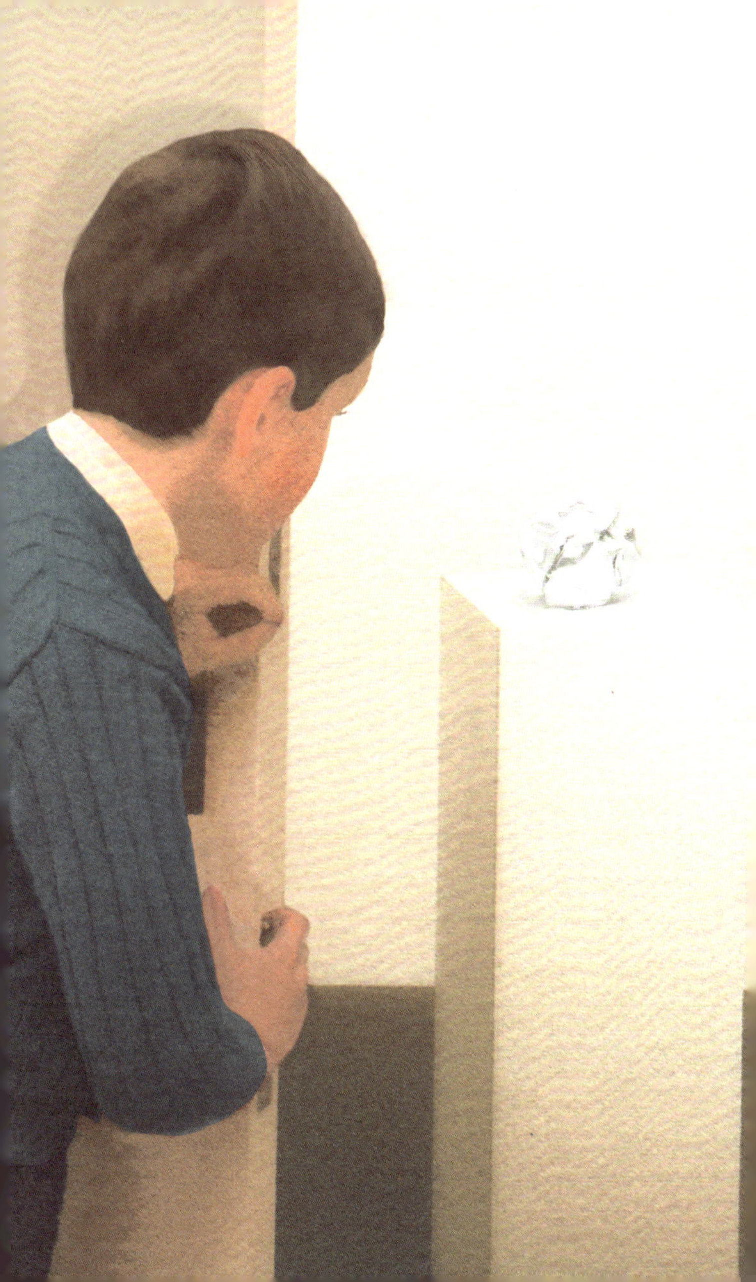

In dem Raum ist nichts.
John ist verwirrt.
Susan ist verwirrt.
Mutti ist glücklich.

„In dem Raum ist nichts, weil Gott tot ist“, sagt Mutti.

„Oje“, sagt John.

Neue Wörter Gott – tot – verwirrt

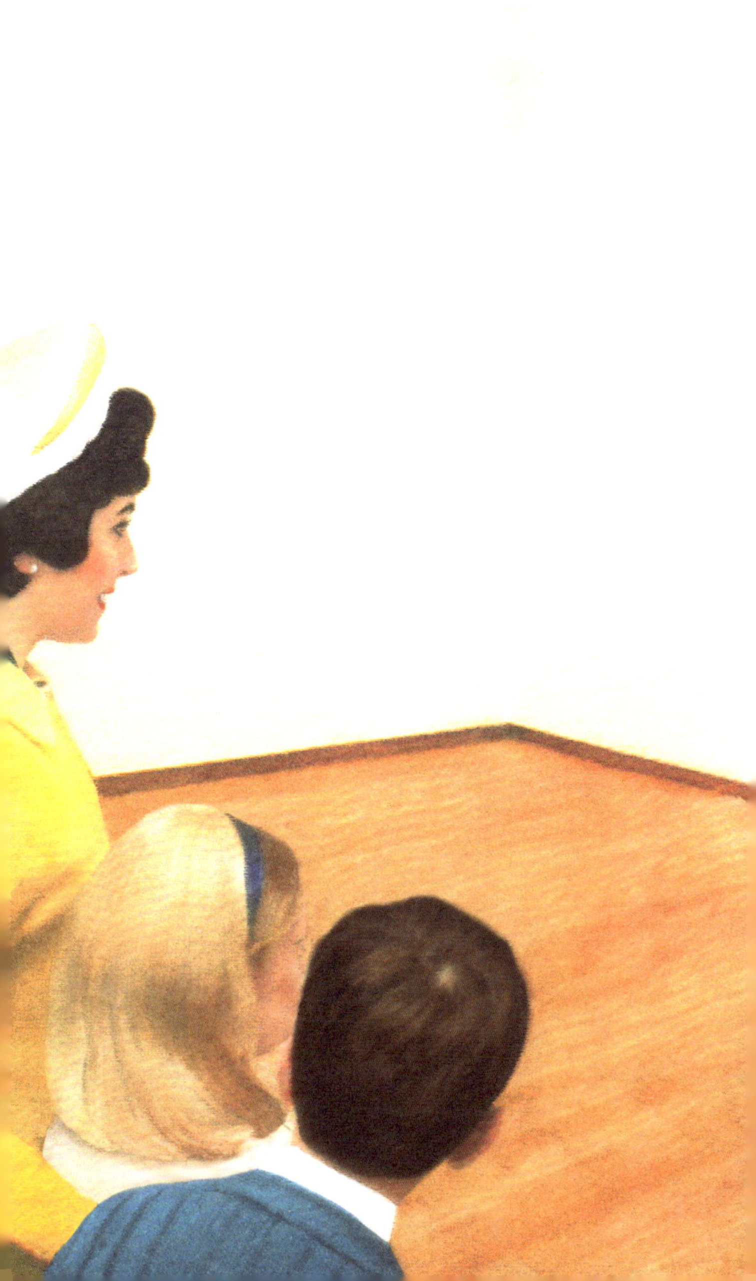

John sieht das Gemälde.

„Ich könnte das malen“,
sagt John.

„Hast du aber nicht“,
sagt Mutti.

Neue Wörter malen – können – nicht

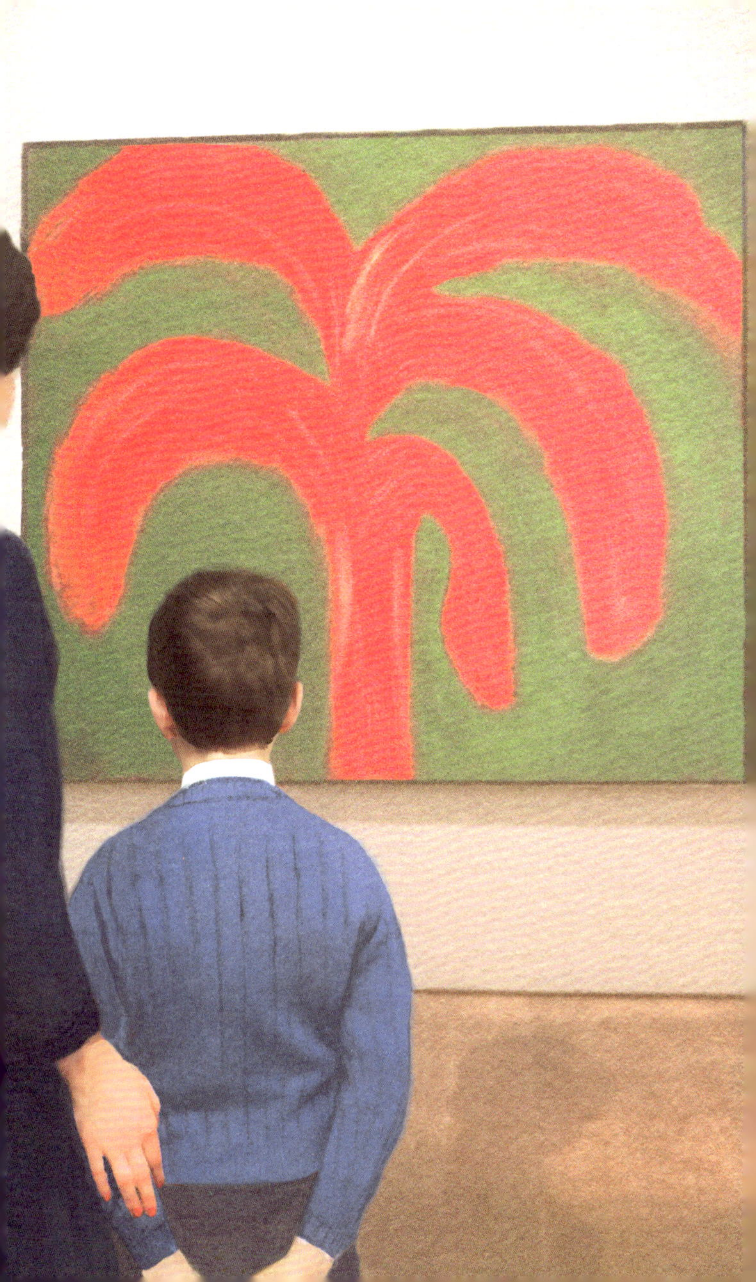

Die Leinwand ist leer.

Susan ist leer.

Neue Wörter leer – Leinwand – leer

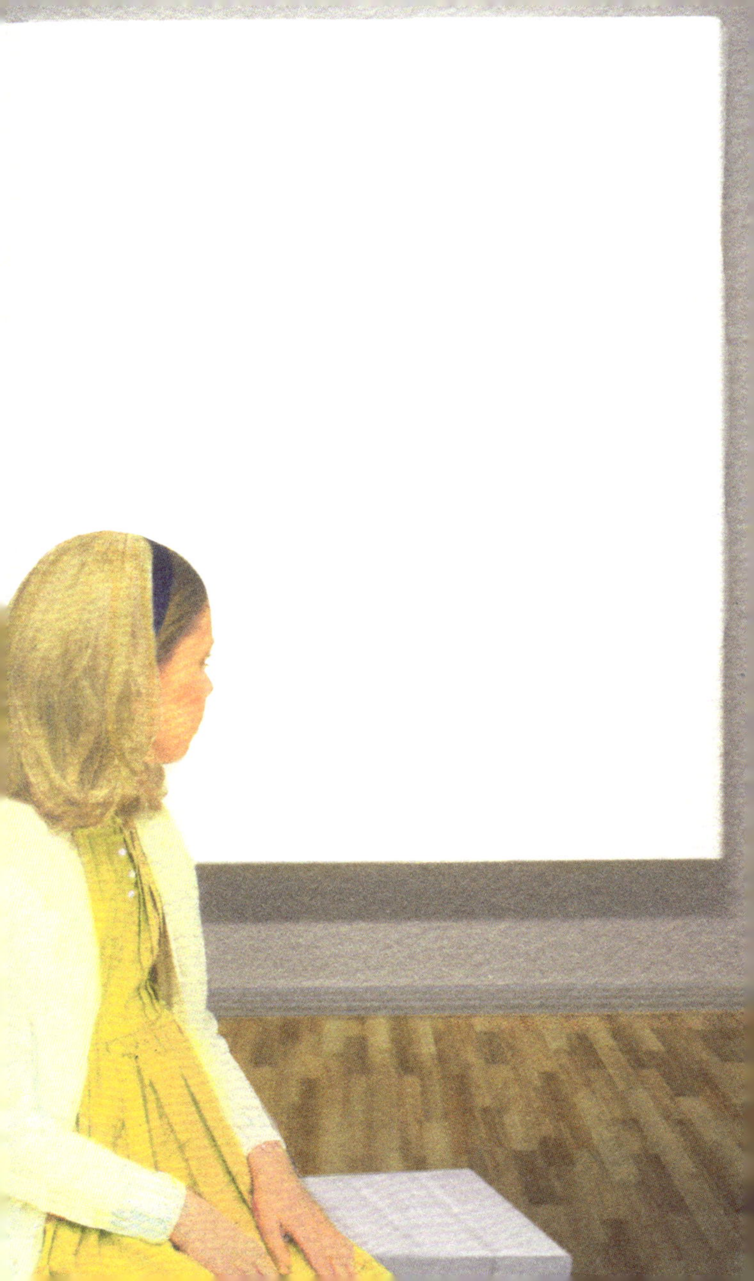

„Meine Güte! Die sind ja nackt!“, sagt John.

„Ist es Zeit für ein Bad?“, fragt Susan.

„Nein“, sagt Mutti. „Es ist Zeit für die Objektifizierung des Körpers.“

Neue Wörter **nackt – Körper – Objekt**

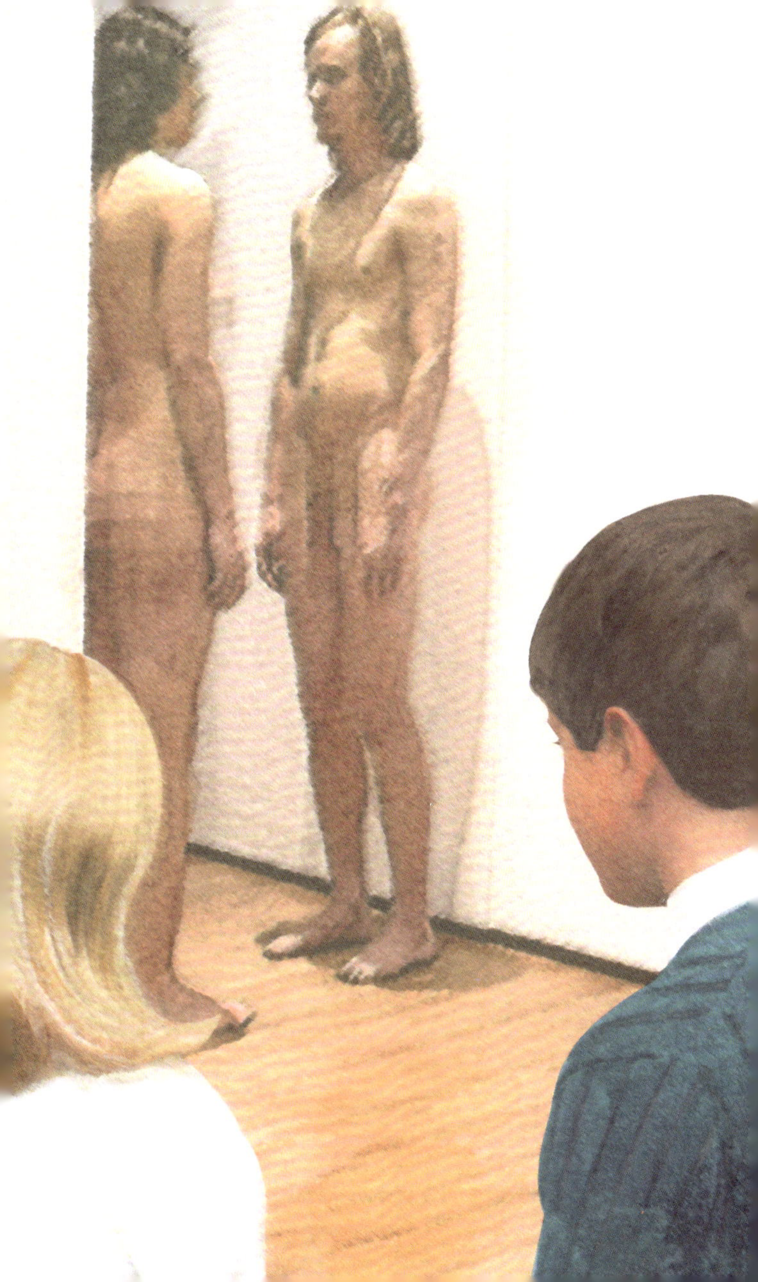

„Die Wörter sind sehr traurig", sagt Susan.

„Sie sind sehr lustig!", sagt John.

Susan findet sie nicht lustig.

Neue Wörter Wörter – lustig – traurig

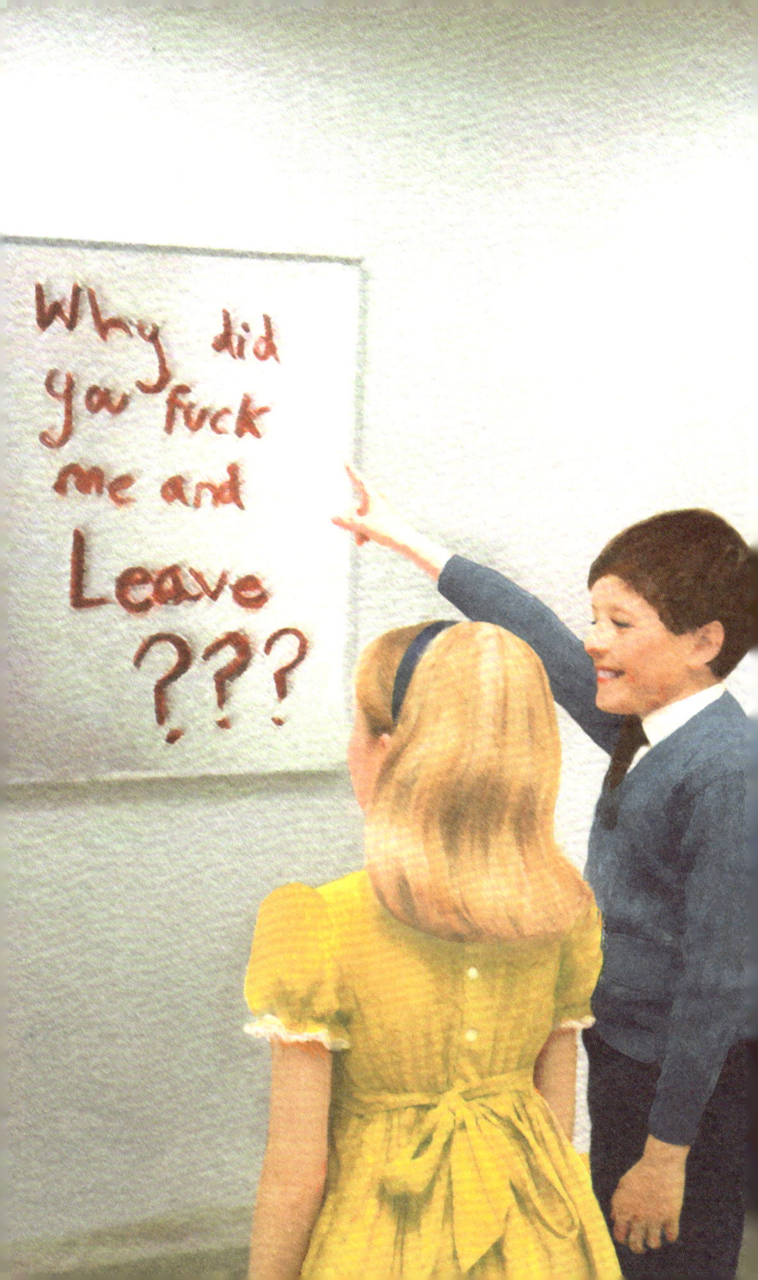
Why did you fuck me and Leave ???

„Warum ist da ein Penis auf dem Gemälde?"

„Weil Gott tot und alles Sex ist", sagt Mutti.

Neue Wörter Penis – Sex – Gemälde

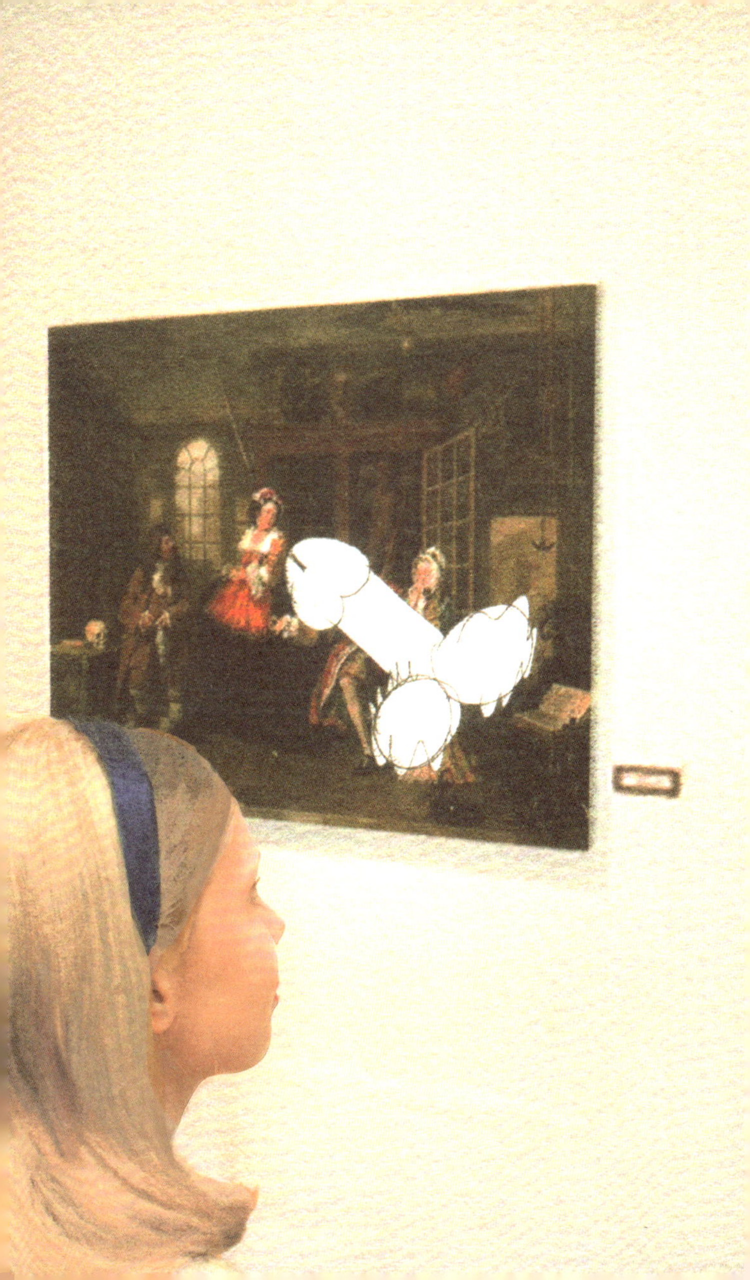

John sieht die große Vagina.

„Das ist eine große Vagina“, sagt John.

„Große Vaginas sind feministisch“, sagt Mutti.

John hat Angst.

Neue Wörter Vagina – groß – feministisch

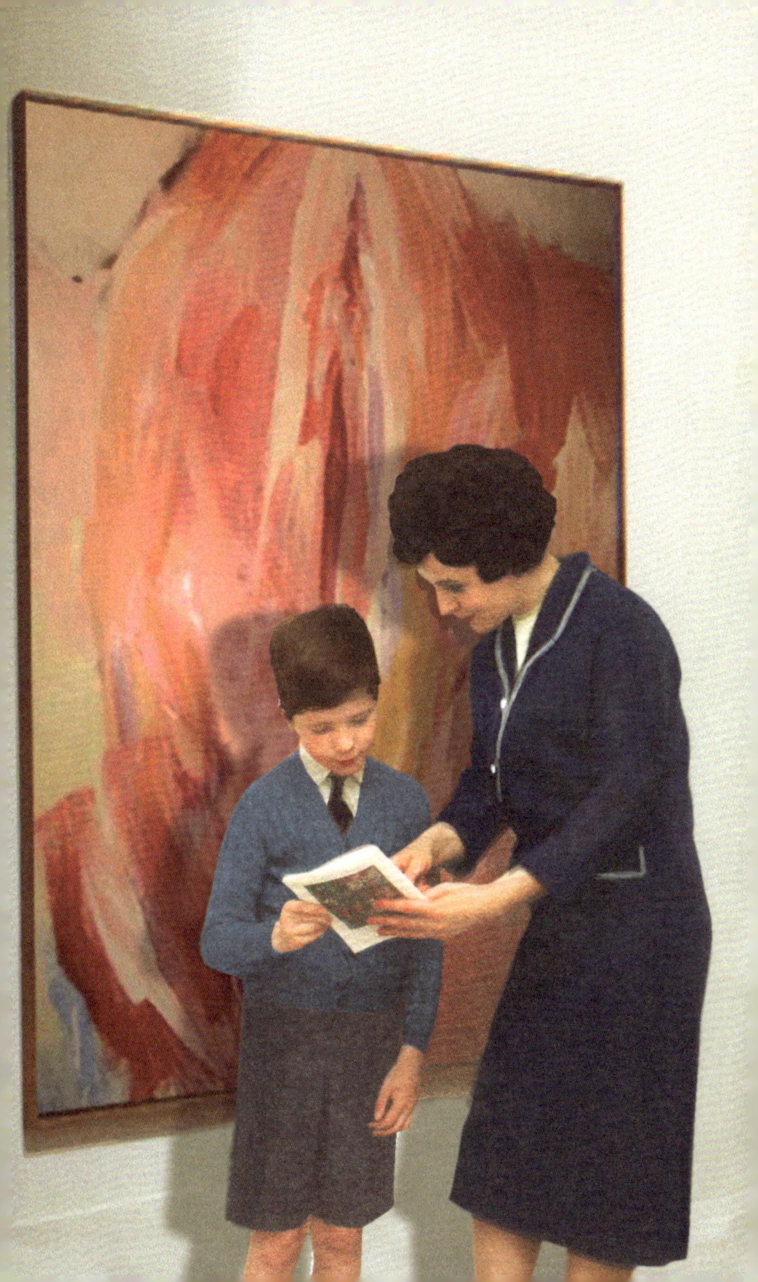

Der Mann ist eine Frau.
Die Frau ist ein Mann.

John ist erregt.
John ist verwirrt .

John weiß nicht, was
er will.

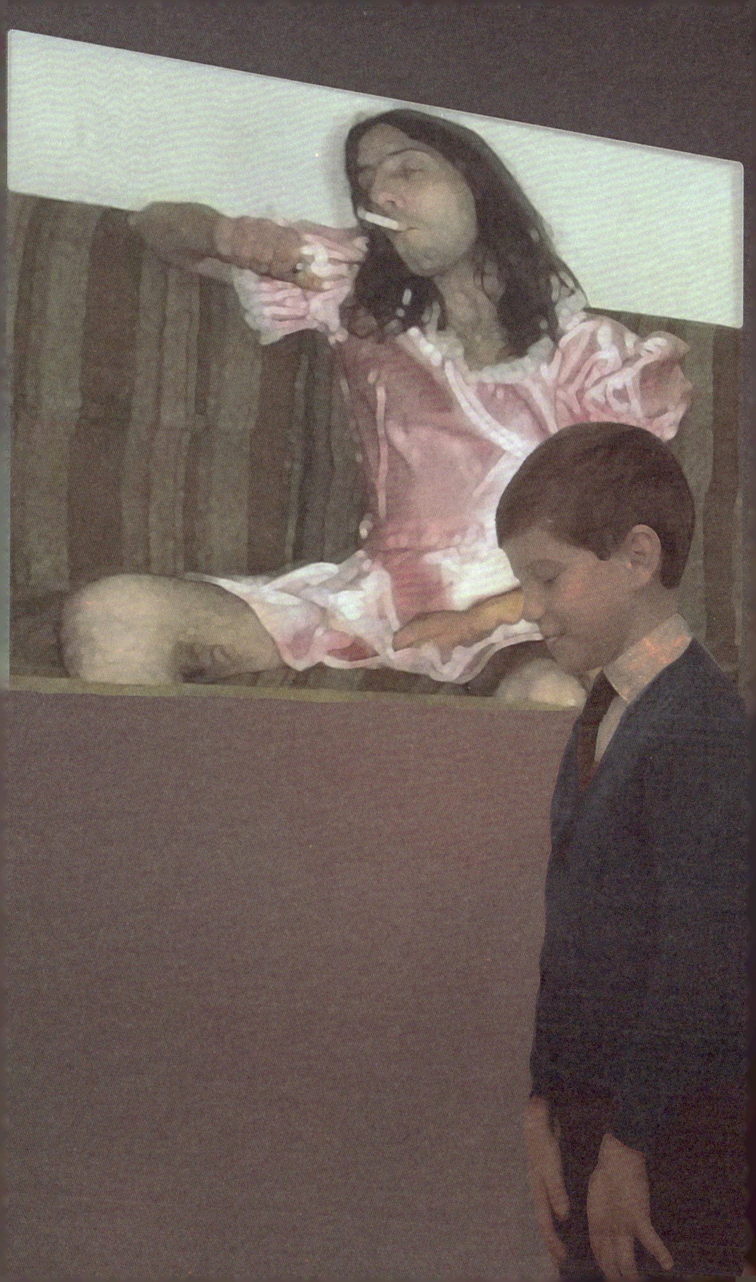

Schau!", sagt John, „der Hase wurde halbiert."

„Ich glaube, er ist glücklich", sagt Susan.

„Beide Hälften?", fragt John.

Neue Wörter Hase – halb – glücklich

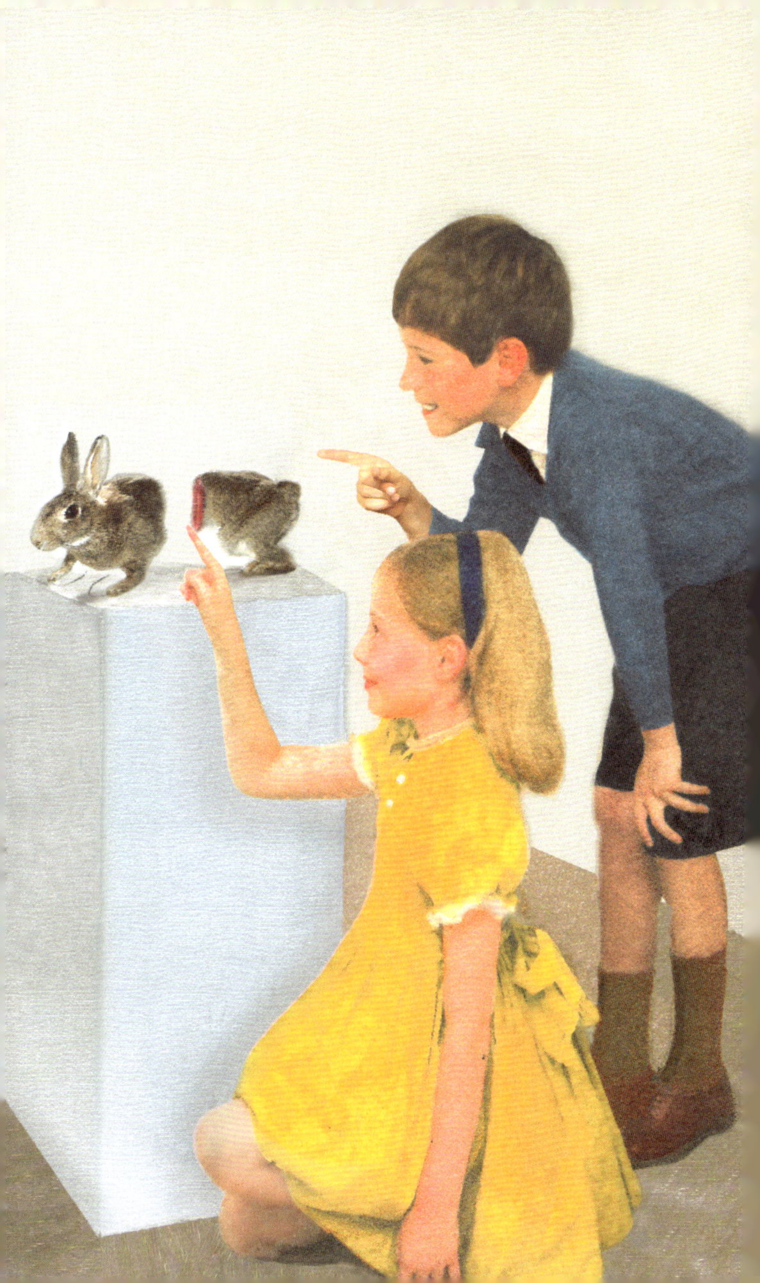

„Da ist Öl auf dem Boden“, sagt John.

„Das Öl steht für all das Blut, das die US-Regierung in ihren illegalen Kriegen vergossen hat“, sagt Mutti.

„Donnerwetter!“, sagt John.

Neue Wörter Öl – Regierung – Blut

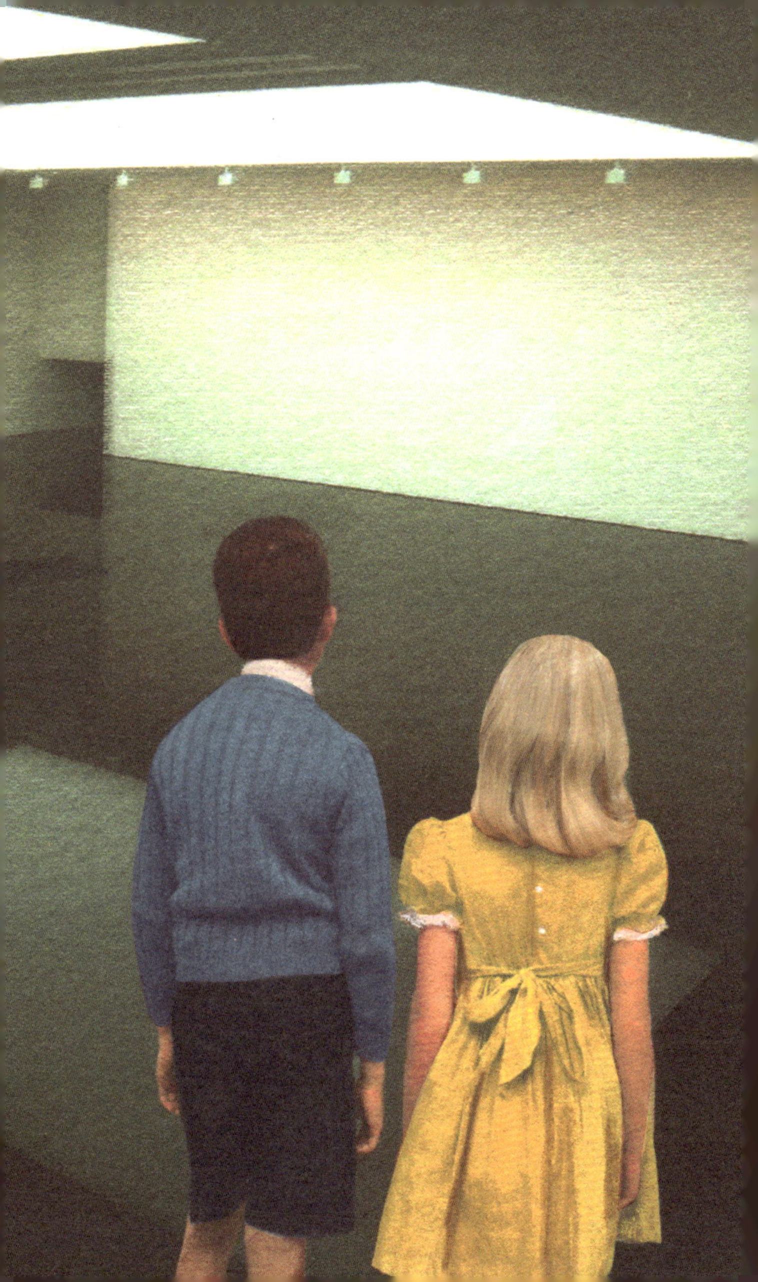

„Der Müll stinkt", sagt Susan.

„Das ist der Gestank unserer verrottenden westlichen Zivilisation", sagt Mutti.

Neue Wörter Müll – stinkt – westlich

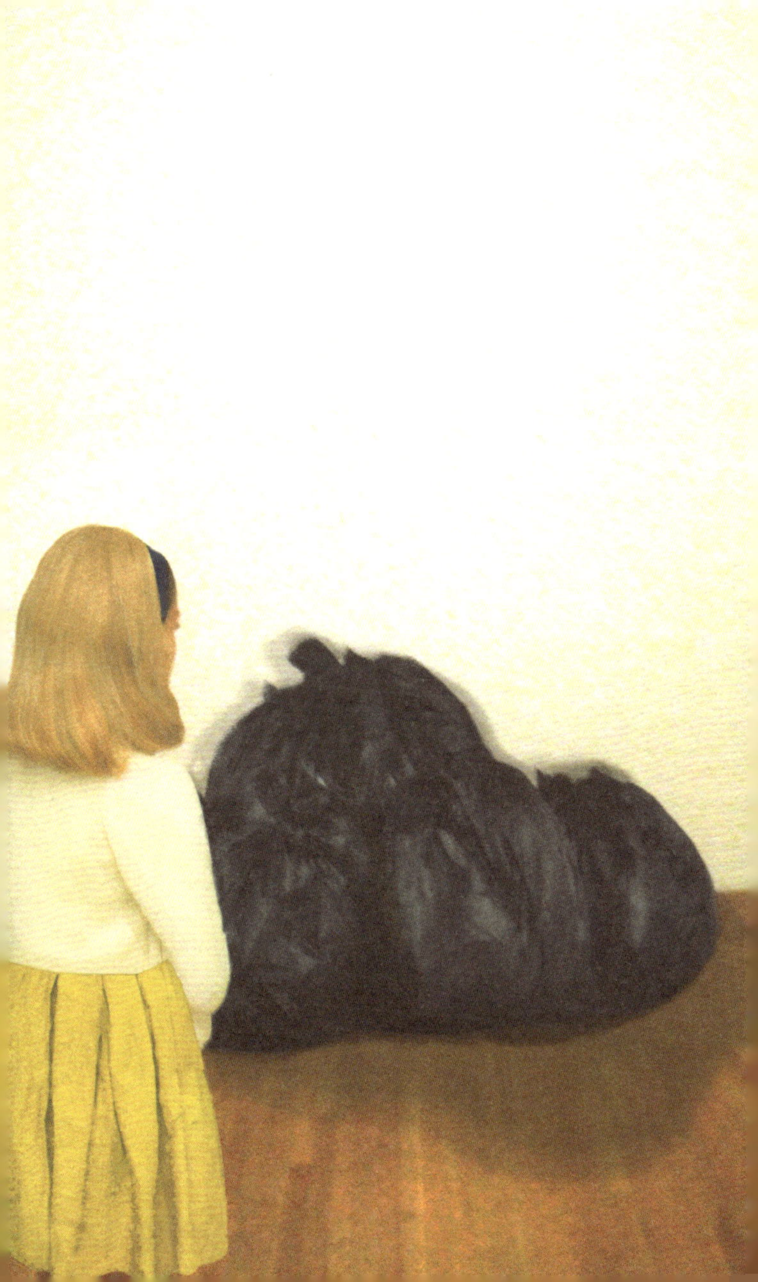

„Ich möchte mit dem Luftballon spielen", sagt John.

„Nur Risikokapitalisten können mit diesem Luftballon spielen", sagt Mutti.

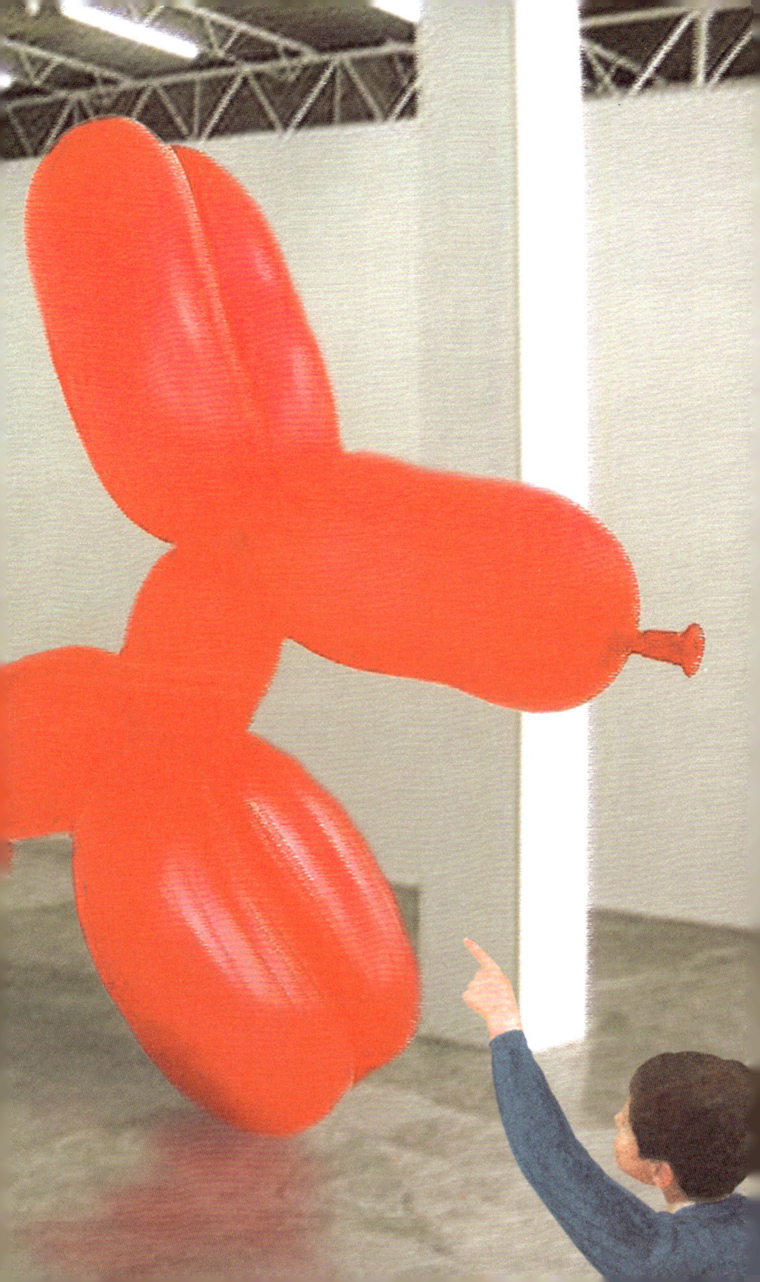

Der Mann schreit.

Mutti weint.

Susan ist still.

Neue Wörter still – schreien – Mann

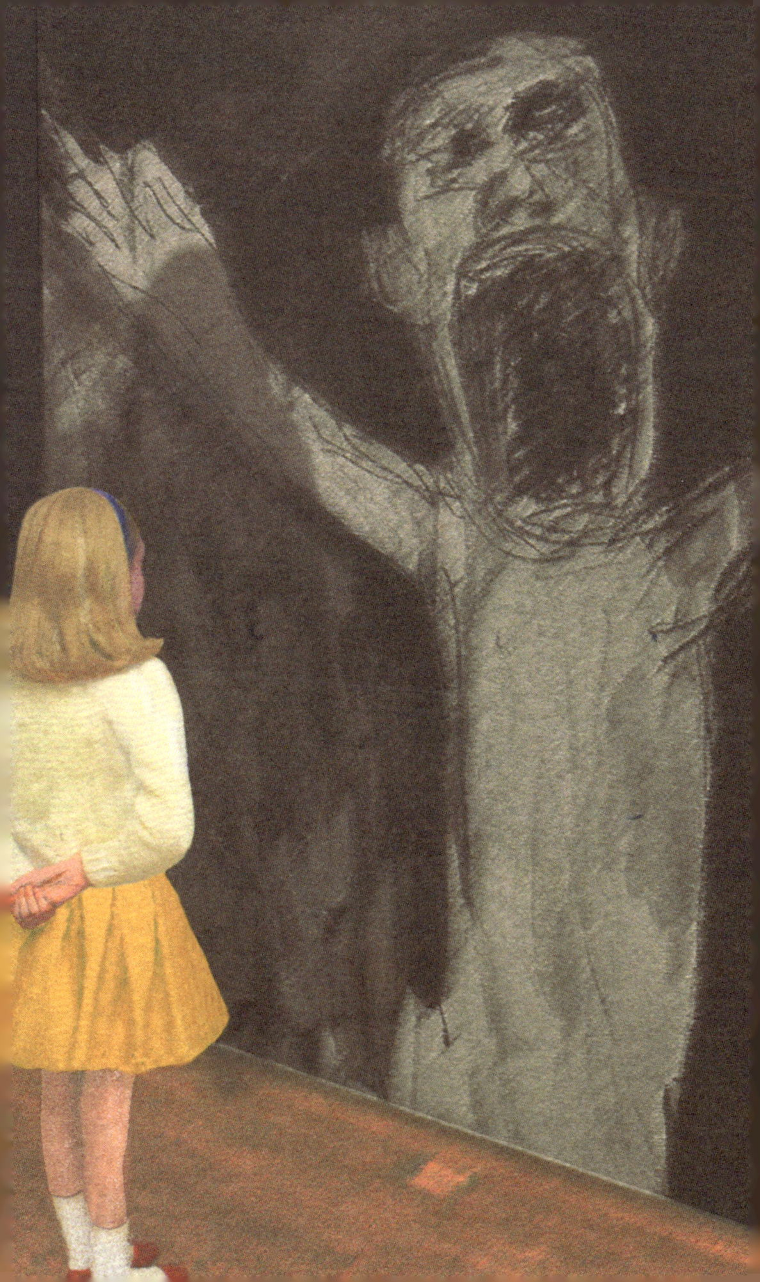

Das Wasserfall-Video hört nicht auf.

„Hört der Wasserfall mal auf?“, sagt John.

„Nein!“, sagt Mutti.
„Der Tod ist eine Illusion.“

Susan muss auf die Toilette.

Neue Wörter Wasserfall – Tod – Toilette

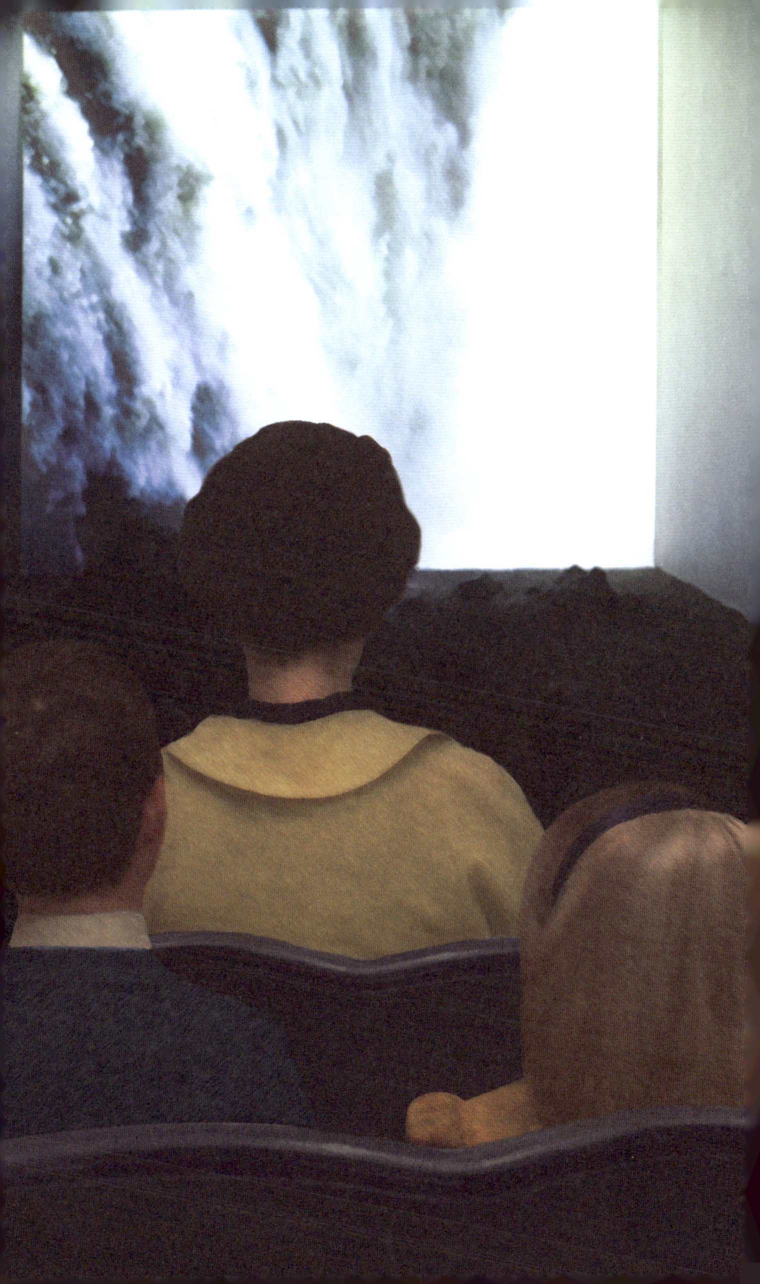

„Meine Güte! In der Ausstellung ist ein Wohnzimmer!“, sagt John.

„Und in unserem Wohnzimmer ist Ironie“, sagt Mutti.

John fühlt sich verletzt.

Neue Wörter verletzen – Wohnzimmer – Ironie

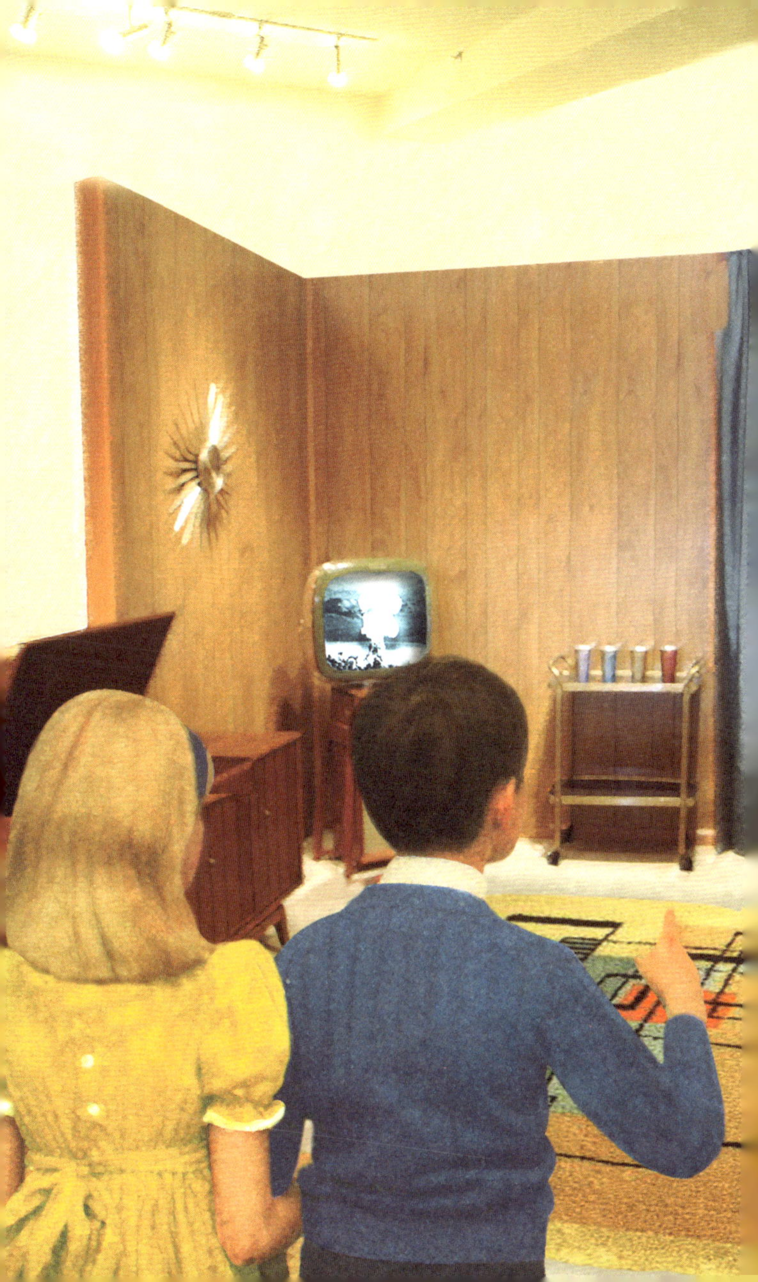

Wir verlassen jetzt die Ausstellung.
„Hat euch die Ausstellung gefallen?“, fragt Mutti.
„Ich fühl mich komisch“, sagt Susan.
„Ich mich auch“, sagt John.
„Das ist der moderne Zustand“, sagt Mutti.

Neue Wörter komisch – moderner – Zustand

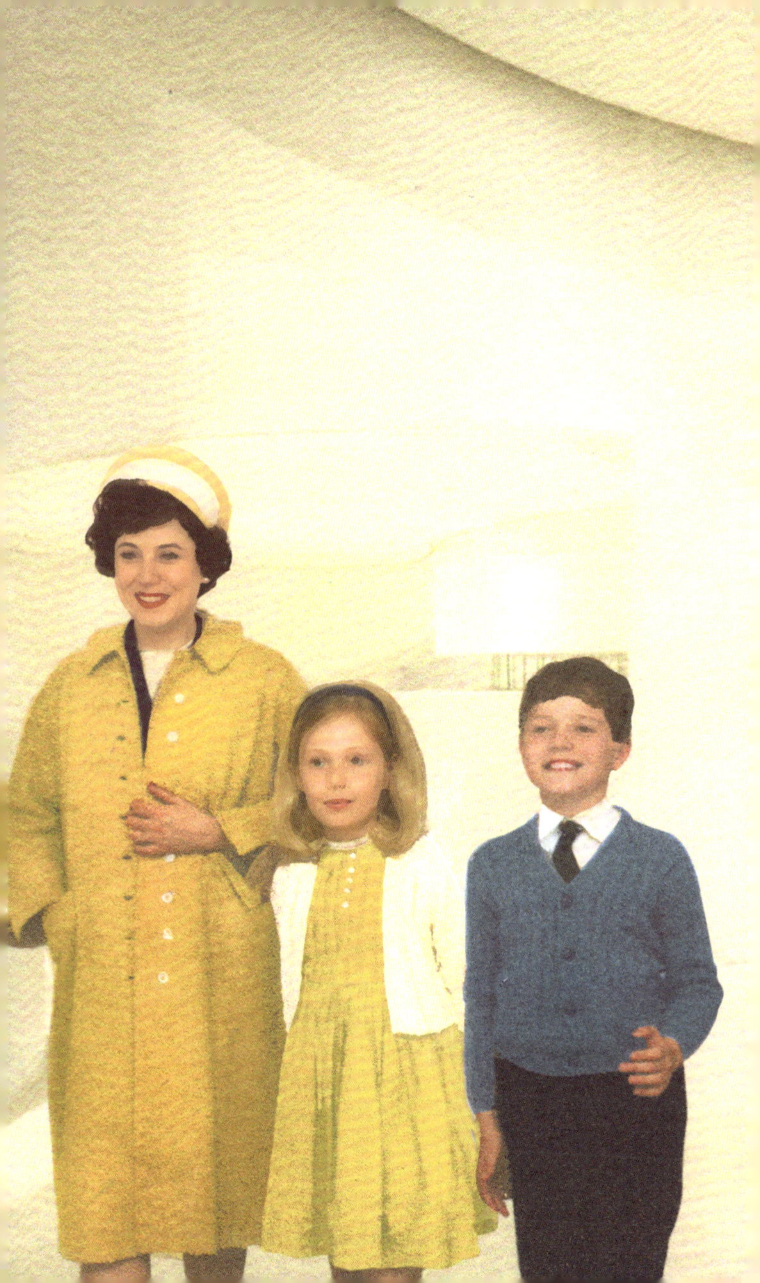

„Bist du eine Künstlerin?“, fragt Susan.

„Ich konnte keine Künstlerin werden, weil ich euch bekommen habe“, sagt Mutti.

John und Susan fühlen sich schuldig.

Neue Wörter schuldig – nicht – Künstlerin

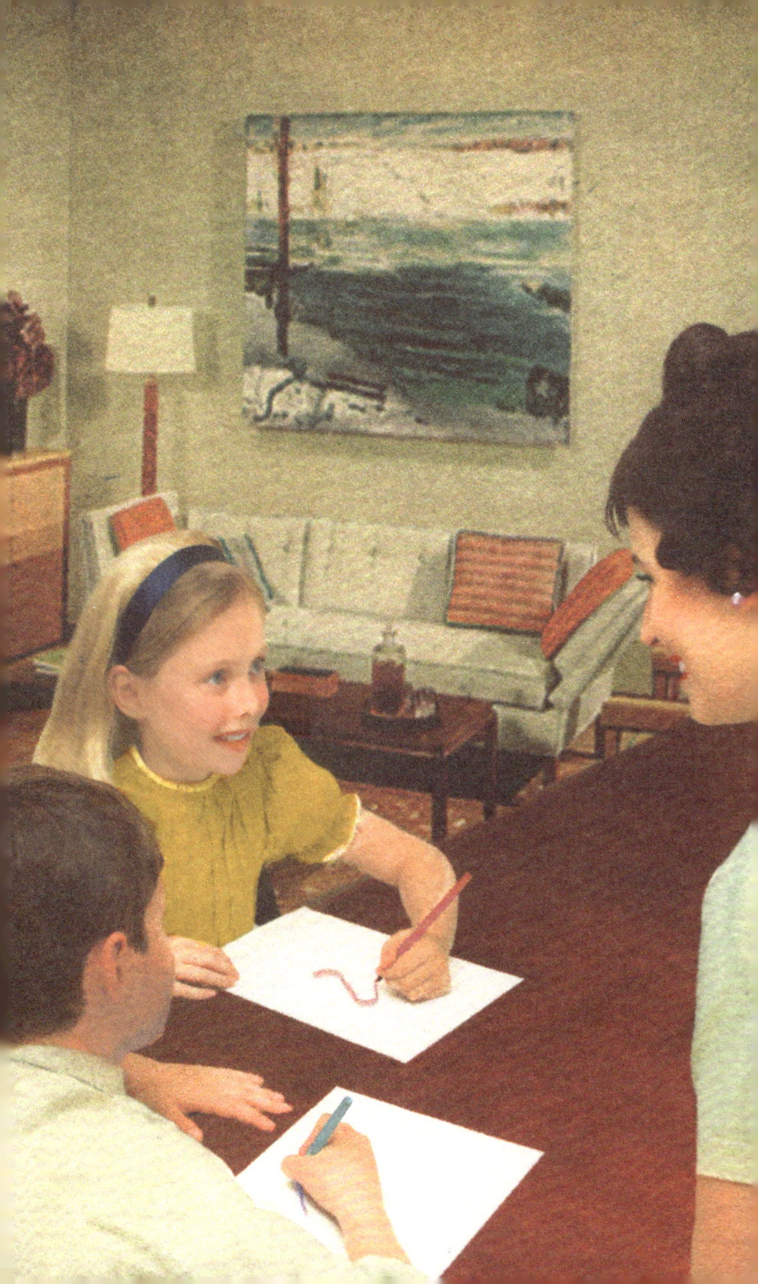

Neue Wörter in diesem Buch

6 Ausstellung, Mutti, Kunst	30 Öl, Regierung, Blut
8 schön, nicht, wichtig	32 Müll, stinkt, westlich
10 gut, nicht, verstehen	34 Kapitalisten, spielen, Luftballon
12 Gott, tot, verwirrt	36 still, schreien, Mann
14 malen, können, nicht	38 Wasserfall, Tod, Toilette
16 leer, Leinwand, leer	40 verletzen, Wohnzimmer, Ironie
18 nackt, Körper, Objekt	42 komisch, moderner, Zustand
20 Wörter, lustig, traurig	44 schuldig, nicht, Künstlerin
22 Penis, Sex, Gemälde	
24 Vagina, groß, feministisch	
26 Mann, Frau, verwirrt	
28 Hase, halb, glücklich	

Gesamtzahl der neuen Wörter: 60

Gewidmet der Großen Mutti im Himmel